FERNANDA EMEDIATO

Ilustrado por
VANESSA ALEXANDRE

O URSO PANDA E A FORMIGA

Espero que você esteja repleta de alegria e curiosidade, pois tenho algo muito especial para partilhar com você. Vamos falar sobre o maravilhoso bambu chinês e sua incrível jornada de crescimento!

Você sabia que, depois de plantar uma semente de bambu chinês, passam-se aproximadamente cinco anos sem que nada visível acima da terra aconteça? É verdade! Durante esse tempo, algo mágico se desenrola, mas é tudo escondido debaixo da terra.

Veja só: enquanto o tempo passa, uma complexa estrutura de raízes começa a se formar. Essas raízes se estendem vertical e horizontalmente pela terra, como um labirinto secreto. Elas estão trabalhando duro para garantir que o bambu cresça forte e saudável.

Então, no fim do quinto ano, algo incrível se passa: o bambu chinês começa a emergir da terra, crescendo rapidamente até atingir a incrível altura de 25 metros! É como se ele estivesse guardando toda a sua força e energia durante todos aqueles anos subterrâneos, pronto para surpreender a todos com sua grandiosidade.

É nesse magnífico bambuzal que se desenrola a fascinante história do urso panda e da formiga, um encontro inusitado entre um personagem imponente e outro valente.

Vamos embarcar juntos nesta história?

Com carinho, **A autora**

ERA UMA VEZ UM BAMBUZAL

EXUBERANTE, ONDE A NATUREZA PINTAVA UM ESPETÁCULO DE CORES E DE VIDA. ENTRE AS HASTES ALTAS E ELEGANTES, UM URSO PANDA FAMINTO DESCOBRIU O TALO DE BAMBU MAIS VIGOROSO E DELICIOSO QUE JÁ VIRA.

O URSO ABRIU A BOCA ANSIOSAMENTE, PRESTES A SABOREAR AQUELE MANJAR DOS DEUSES. PORÉM, PARA SUA SURPRESA, AVISTOU UMA PEQUENA FORMIGA, CORAJOSA E DESTEMIDA, QUE HAVIA FEITO DO BAMBU SEU LAR.

O URSO EMITIU SEU PRIMEIRO AVISO, DIZENDO À FORMIGA PARA SAIR DE SEU CAMINHO, POIS SEU APETITE ERA VORAZ.

MAS A FORMIGA, FIRME E DECIDIDA, RETRUCOU QUE CHEGARA PRIMEIRO E NÃO TINHA A MENOR INTENÇÃO DE ARREDAR O PÉ.

O URSO, JÁ PERDENDO A PACIÊNCIA, LANÇOU SEU SEGUNDO AVISO, AMEAÇANDO A FORMIGA COM SUA IMPONENTE PRESENÇA.

NO ENTANTO, A FORMIGA, CONFIANTE EM SEU PROPÓSITO, ERGUEU QUATRO DE SUAS SEIS PERNINHAS E SE RECUSOU A SAIR DALI.

MAS A PEQUENA FORMIGA, SEM SE ABALAR, MOSTROU-LHE A LÍNGUA, DESAFIANDO-O COM SUA ATITUDE OUSADA.

DECIDIDO A SEGUIR EM FRENTE, O URSO ABRIU DE NOVO A BOCARRA FAMINTA, PRONTO PARA DEVORAR O TALO DE BAMBU COM CADA FOLHINHA E TUDO O QUE ESTIVESSE NELAS.

O URSO TINHA RECEBIDO UMA FERROADA DOLOROSA NA LÍNGUA,

QUE O FEZ CORRER EM DESESPERO
E ABANDONAR A REFEIÇÃO.

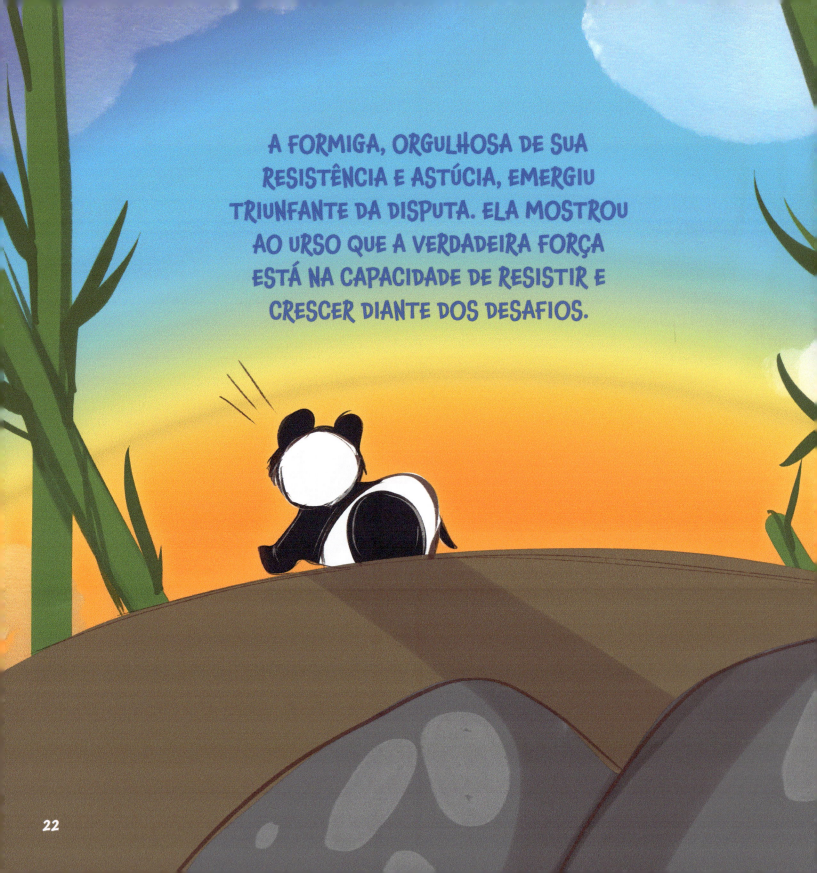

A FORMIGA, ORGULHOSA DE SUA RESISTÊNCIA E ASTÚCIA, EMERGIU TRIUNFANTE DA DISPUTA. ELA MOSTROU AO URSO QUE A VERDADEIRA FORÇA ESTÁ NA CAPACIDADE DE RESISTIR E CRESCER DIANTE DOS DESAFIOS.

VOCÊ SABIA?

Você sabia que o panda-gigante vive nas montanhas da China? Algumas delas ficam na província de Sichuan. Essas lindas montanhas são cheias de bambu, que é a comida favorita do panda.

Tanto o panda como o bambu são elementos muito importantes da cultura chinesa. O panda, considerado um tesouro nacional, é um símbolo amado do país e representa a importância de proteger a vida selvagem e a natureza. Já o bambu simboliza virtudes como flexibilidade, resistência, humildade e integridade. Também está relacionado à longevidade e à sabedoria.

Você acredita que o panda come principalmente bambu? Sim, ele é quase vegetariano! Come uma quantidade enorme de bambu todos os dias, cerca de 40 quilos! É um verdadeiro especialista em comer bambu. Nas florestas chinesas, ele se alimenta de trinta espécies diferentes dessa planta.

Sabe o que é curioso no panda? Nas patas dianteiras, ele tem uma espécie de "polegar" adaptado. É como se tivesse um dedo extra! Isso o ajuda a segurar as folhas e os talos de bambu com facilidade.

Outra coisa incrível sobre o panda é que, graças às suas garrinhas afiadas, ele é ótimo em escalar árvores. Mas na maior parte do tempo ele prefere ficar no chão, andando de um bambuzal para outro.

Cada panda tem um padrão de manchas preto e branco único, assim como uma impressão digital humana. Isso ajuda os cientistas a identificarem e estudarem o panda individualmente.

A China faz um esforço especial para proteger o panda. Ela criou uma reserva e um parque nacional só para esse adorável animalzinho. Assim, ele tem um lugar seguro para viver e ser feliz.

Essas são algumas curiosidades sobre o panda e o bambu na China. É incrível como a natureza nos presenteia com um animal tão especial e uma planta cheia de significado.

Espero que você tenha gostado de aprender sobre o panda e o bambu. Vamos cuidar da natureza e valorizar essa maravilha que ela nos oferece!

ATIVIDADES Inspiradas na HISTÓRIA
DO URSO PANDA E DA FORMIGA:

1. Desenho do Urso e da Formiga: Pegue papel, lápis de cor ou giz de cera e desenhe o urso e a formiga como você imagina que eles sejam. Dê asas à sua imaginação e vida aos personagens do livro!

2. Caça ao bambu: Vamos brincar de caça ao tesouro com bambus! Peça para um adulto esconder pequenos pedaços de bambu pela casa ou no jardim. Depois, você terá que procurar e coletar todos eles. Quem encontrar mais bambus, ganha!

3. Teatro de sombras: Você pode criar um teatro de sombras em casa! Pegue uma lanterna e recorte silhuetas de um urso e uma formiga em papel preto. Prenda-os em palitos de churrasco e projete as sombras em uma parede. Agora, você pode encenar sua própria história do urso e da formiga!

4

Experimento do bambu: Peça a ajuda de um adulto para conseguir um pedaço de bambu. Observe-o de perto e tente descobrir quantas folhas ele tem, como é sua textura e se ele é oco por dentro. Depois, escreva ou desenhe suas descobertas em um papel.

5

Criação de máscaras: Use papel-cartão, tesoura, cola e outros materiais coloridos para criar máscaras do urso e da formiga. Recorte o formato do rosto de cada personagem e decore-os como preferir. Depois, você pode usar as máscaras para representar a história do livro.

6

Piquenique com bambu: Prepare um lanche saudável, como frutas e sanduíches, e faça um piquenique no jardim ou no parque. Para torná-lo especial, use palitos de bambu para espetar as frutas ou montar minissanduíches. Aproveite o momento para conversar sobre a história do urso e da formiga enquanto se delicia com o lanche!.

SOBRE A AUTORA

FERNANDA EMEDIATO é uma talentosa e dedicada escritora, editora, produtora e empresária paulistana. Sua paixão pela escrita surgiu aos 9 anos de idade, quando ela escreveu seu primeiro livro: *A menina perdida*, em uma agenda infantil. Publicada em 2013 pela Geração Editorial, essa obra aborda a importância de não julgar as pessoas sem conhecê-las.

Em 2020, com o apoio do Proac Editais, um programa de incentivo à cultura do Estado de São Paulo, Fernanda lançou seu segundo livro, *A menina sem cor*, pela editora Troinha. Nessa obra sensível e cuidadosa, ela aborda temas importantes, como racismo e autoaceitação. Em 2022, Fernanda publicou *O morcego sem asas*, também com o apoio do Proac Editais. Nessa história sobre persistência e empatia, as crianças descobrem a importância de ter sonhos e não desistir deles.

Além de sua carreira como escritora, Fernanda é ativista pelos direitos infantis desde 2013. Ela integra grupos que visitam escolas em São Paulo e outras cidades, enfatizando a importância da leitura na construção da personalidade.

Com sua dedicação e comprometimento, Fernanda Emediato vem conquistando cada vez mais admiradores e reconhecimento no cenário literário e social brasileiro. Sua obra contribui significativamente para o desenvolvimento da cultura e da arte no país, e seu trabalho como ativista pelos direitos infantis inspira e educa muitas pessoas.

Saiba mais: www.fernandaemediato.com.br

SOBRE A ILUSTRADORA

VANESSA ALEXANDRE nasceu e vive em São Paulo. Trabalha há mais de catorze anos no mercado editorial como autora e ilustradora infantojuvenil para editoras no Brasil, Estados Unidos e Europa, além de ilustrar materiais didáticos e desenvolver conteúdo para campanhas publicitárias. Participou de exposições como Cow Parade e Football Parade, foi uma das artistas selecionadas para a 3ª Edição da exposição Refugiarte, promovida pela ACNUR (agência dos refugiados da ONU), e foi selecionada para a edição de Nova York da Jaguar Parade. Além disso, realiza oficinas literárias e atividades sobre ilustração em escolas por todo o Brasil, implementando atividades para alunos e professores em eventos como a Jornada da Educação de SP, Feira do Livro de Porto Alegre, Feira do Livro de Araras, Bienal do Livro, e promovendo atividades de educação inclusiva.

Saiba mais: www.vanessaalexandre.com.br

O urso panda e a formiga © 2023
Escrito por Fernanda Emediato
e ilustrado por Vanessa Alexandre
1ª edição – Outubro 2023

Editora e Publisher: **Fernanda Emediato**
Capa e Diagramação: **Alan Maia**
Ilustrações: **Vanessa Alexandre**

DADOS INTERNACIONAIS DE CATALOGAÇÃO NA PUBLICAÇÃO (CIP) (CÂMARA BRASILEIRA DO LIVRO, SP, BRASIL)

Emediato, Fernanda
   O urso panda e a formiga / Fernanda Emediato, ilustrado por Vanessa Alexandre. -- São Paulo : Asas Editora, 2023. 32 p. : il. ; 23cm x 23cm. · ISBN: 978-65-85096-15-7
   1. Literatura infantojuvenil I. II. Título.

23-164563   CDD-028.5

Índices para catálogo sistemático: 1. Literatura infantil 028.5   2. Literatura infantojuvenil 028.5 • **Tábata Alves da Silva** – Bibliotecária – CRB-8/9253 • Todos os direitos reservados para esta edição. • Impresso no Brasil • *Printed in Brasil*